D0044180

# Katie Woo

# La gran mentira

por Fran Manushkin

ilustrado por Tammie Lyon

PICTURE WINDOW BOOKS

a capstone imprint

Katie Woo is published by Picture Window Books

A Capstone Imprint

1710 Roe Crest Drive

North Mankato, MN 56003

www.capstonepub.com

Text © 2013 Fran Manushkin

Illustrations © 2013 Picture Window Books

*Library of Congress Cataloging-in-Publication Data*
Manushkin, Fran.
  [Big lie. Spanish]
  La gran mentira / por Fran Manushkin ; ilustrado por Tammie Lyon.
  p. cm. -- (Katie Woo)

Summary: Cuando Jake pierde su nuevo avión de juguete, Katie Woo miente y dice que no sabe dónde está.

  ISBN 978-1-4048-7522-7 (library binding) -- ISBN 978-1-4048-7678-1 (pbk.)

  1. Woo, Katie (Fictitious character)--Juvenile fiction. 2. Honesty--Juvenile fiction. 3. Lost articles--Juvenile fiction. 4. Schools--Juvenile fiction. 5. Chinese Americans--Juvenile fiction. [1. Honesty--Fiction. 2. Lost and found possessions--Fiction. 3. Schools--Fiction. 4. Chinese Americans--Fiction. 5. Spanish language materials.] I. Lyon, Tammie, ill. II. Title.
PZ73.M233 2012
  [E]--dc23

                                                2011048108

Graphic Designer: Emily Harris

Photo Credits

Fran Manushkin, pg. 26

Tammie Lyon, pg. 26

Printed in China.
032012
006677RRDF12

#  Tabla de contenidos

# Capítulo 1
## El avión perdido

Un día después del recreo,

la Señorita Winkle comentó

a la clase, "Jake perdió su

avión de juguete. ¿Alguien

lo encontró?"

Katie Woo

negó con

la cabeza.

También lo

hicieron sus

amigos Pedro y

JoJo y todos los demás.

"Mi papá me regaló el avión ayer", dijo Jake.

"Fue un regalo de
cumpleaños", dijo él.

"A lo mejor tu avión se fue
volando", dijo alguien más.

"Eso no es ninguna
gracia", dijo la Señorita
Winkle.

JoJo le dijo a Jake, "Te vi jugar con tu avión en el recreo. ¡Es fabuloso! Espero que lo encuentres".

La Señorita Winkle
preguntó otra vez, "¿Alguien
sabe dónde está el avión de
Jake?"

"Yo no lo sé", le dijo Katie
a Jake. Pero ella estaba
mintiendo.

## Capítulo 2

# Katie toma lo que no es suyo

Antes durante el recreo,
Katie vio a Jake corriendo
en círculos con su avión.

"Yo quiero hacer eso",
se dijo Katie a sí misma.
"Quisiera que ese avión
fuese mío".

Cuando casi se terminaba
el recreo, tres camiones de
bomberos pasaron a toda
velocidad.

Mientras todos estaban
mirándolos y saludando a
los bomberos,
Katie tomó el
avión de Jake.
Lo puso en su
bolsillo.

Ahora el avión de Jake
estaba dentro del escritorio
de Katie.

"No veo la hora de jugar
con él cuando llegue a casa",
pensó Katie.

Durante la clase de arte, Katie dijo, "A lo mejor un canguro saltó y puso el avión en su bolsa".

"No lo creo", dijo la Señorita Winkle. "No hay canguros por aquí".

Durante la clase de ortografía, Katie dijo, "A lo mejor el basurero vino y se llevó el avión de Jake".

"¡De ninguna manera!" dijo JoJo. Ella sacudió su cabeza. "No vi ningún camión de basura".

Jake seguía mirando la caja vacía en la que vino su avión. La cinta de regalo todavía estaba en la caja.

Jake parecía estar a punto de llorar.

Katie tampoco se sentía
contenta.

Cuando nadie estaba
mirando, ella sacó algo de su
escritorio y se lo puso en el
bolsillo.

## Capítulo 3
# La verdad

Katie caminó hacia la
ventana y empezó a usar el
sacapuntas.

De repente, Katie gritó,
"Veo el avión de Jake. ¡Está
cerca de la ventana! Debe
haber volado durante el
recreo".

Katie le dio el avión a
Jake. Ella murmuró, "Esa
fue una mentira, Jake. Yo
tomé tu avión. ¡Realmente lo
siento mucho!"

Al principio, Jake estaba enojado con Katie. Luego dijo, "Me alegra que me lo devolviste. Ahora me siento mucho mejor".

"¡Yo también!" dijo Katie.

Y eso era la verdad.

## Acerca de la autora

Fran Manushkin es la autora de muchos cuentos populares, incluyendo *How Mama Brought the Spring*; *Baby, Come Out!*; *Latkes and Applesauce: A Hanukkah Story*; y *The Tushy Book*. Katie Woo es real -ella es la sobrina nieta de Fran- pero nunca entra ni en la mitad del lío de la Katie Woo de los libros. Fran escribe en su adorada computadora Mac en la Ciudad de Nueva York, sin la ayuda de sus dos gatos traviesos, Cookie y Goldy.

## Acerca de la ilustradora

Tammie Lyon comenzó su amor por el dibujo a una edad temprana mientras pasaba tiempo en la mesa de la cocina junto a su padre. Su amor por el arte continuó y eventualmente asistió al Columbus College of Art and Design, donde obtuvo su título de licenciatura en arte. Después de una carrera profesional breve como bailarina de ballet profesional, decidió dedicarse completamente a la ilustración. Hoy, vive con su esposo Lee en Cincinnati, Ohio. Sus perros, Gus y Dudley, le hacen compañía en su estudio mientras trabaja.

# Glosario

**la basura** — cosas que se tiran

**el recreo** — un descanso en la escuela

**el sacapuntas** —un artículo usado para afilar algo

**vacío** — nada adentro

# Preguntas para discutir

1. Katie sentía celos de Jake. Ella quería su avión para ella. ¿Has sentido tú celos de alguien?

2. Katie le mintió a Jake. ¿Alguna vez alguien te mintió? ¿Cómo te hizo sentir?

3. La maestra no se enteró que Katie tomó el avión. ¿Qué crees que hubiese pasado si la maestra se hubiese enterado?

# Sugerencias para composición

1. Katie rompió algunas reglas en este cuento. Escribe por lo menos una regla que ella rompió.

2. Katie dijo que el canguro quizás fue el que tomó el avión. Haz un dibujo de un canguro con el avión y escribe una oración sobre tu canguro.

3. Katie pidió disculpas por tomar el avión. Imagina que tú necesitas disculparte por algo y escribe una carta para decir que lo sientes.

# Divirtiéndonos con Katie Woo

En este libro, Katie Woo dijo una gran mentira. Todos saben que mentir está mal. Pero con este juego, puedes decir mentiras y nadie va a ser herido.

## El juego de verdad y mentiras

Juega este juego con un grupo de amigos o compañeros de clase.

1. Cada jugador necesita un pedazo de papel y un bolígrafo o lápiz.

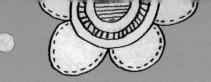

**2.** Cada jugador escribe tres cosas sobre sí mismo. Podrías compartir tus cosas favoritas, tus mejores vacaciones o hobbies. Pero una cosa debe ser verdad y dos cosas deben ser mentira.

**3.** En turnos lean sus listas de las tres cosas. Después de leer todas las tres cosas, el grupo vota sobre cuál es verdad. Cuando todos votaron, el lector le dice al grupo cuál es verdad.

Con seguridad aprenderás muchas cosas divertidas acerca de tus amigos.